어둠에 빛을 찾아서

황봉구

1948년 경기도 장단에서 태어났다.

시집 『새끼 붕어가 죽은 어느 추운 날』 『생선 가게를 위한 두 개의 변주』 『물어뜯을 수도 없는 숨소리』 『넘나드는 사잇길에서』 『허튼 노랫소리―散詩 모음집』 『어둠에 빛을 찾아서』, 예술철학서 『생명의 정신과 예술―제1권 정신에 관하여』 『생명의 정신과 예술―제2권 생명에 관하여』 『생명의 정신과 예술―제3권 예술에 관하여』 『사람은 모두 예술가다』, 예술산문집 『태초에 음악이 있었다』 『소리의 늪』 『그림의 숲』 『소리가 노래로 춤을 추다』, 산문집 『당신은 하늘에 소리를 지르고 싶다』 『바람의 그림자』 『부대끼는 명청이의 에세이』 『천천히 그리고 오래』, 여행기 『아름다운 중국을 찾아서』 『명나라 뒷골목 60일간 헤매기』를 썼다.

PARAN IS 3 어둠에 빛을 찾아서

1판 1쇄 펴낸날 2023년 5월 1일
지은이 황봉구
인쇄인 (주)두경 정지오
펴낸이 채상우
펴낸곳 (주)함께하는출판그룹파란
등록번호 제2015-000068호
등록일자 2015년 9월 15일
주소 (10387) 경기도 고양시 일산서구 중앙로 1455 대우시티프라자 B1 202-1호
전화 031-919-4288
팩스 031-919-4287
모바일팩스 0504-441-3439
이메일 bookparan2015@hanmail.net

ⓒ황봉구, 2023, printed in Seoul, Korea

ISBN 979-11-91897-54-8 03810

값 16,000원

어둠에 빛을 찾아서

황봉구 시집

머리말

아직
공간에서
빛을 보고
소리를 들을 수 있어서
언어를 끼적거릴 수 있어서

여전히
하늘 아래
대지 위에서
두 발로 숨쉬고
시간 속에 존재할 수 있어서

낡아 뒤뚱거려도
온 힘에 생명이 꿈틀거려

그 발자취를 남긴다

2023. 2.

차례

머리말

일러두기

시집 가운데 시인의 의도에 따라 현행 맞춤법 및 (주)파란의 표기 원칙
과 다른 곳이 있습니다.

제1부 길게

아침에

이 아침에, 어둠이 물러가는 아침에, 태양이 붉게 치솟는 아침에, 빛이 쏟아져 내리는 아침에, 안개가 걷히는 아침에, 아스라이 섬들이 다가오는 아침에, 소리가 없어도 밝은 소리가 들리는 아침에, 간밤에 꾼 죽음의 그림자가 아련히 사라지는 아침에, 눌려 있던 가슴이 환하게 기지개를 켜는 아침에, 잊혔던 그대 얼굴이 기억 속에 솟아오르는 아침에, 하늘을 향해 소리를 크게 내지르고 싶은 아침에,

그 옛날 폭발했던 휴화산인 그대. 펄펄 끓는 마그마를 짓눌러 숨기며 살아온 그대. 낡은 주름으로 얽히고설킨 그대 몸뚱이를 터뜨려라. 산산조각 내어라. 하늘에서 뜨거운 별이 되라. 이 땅에서 검게 죽은 잿더미는 과거의 세월이리니. 생명의 초록빛이 삼키리니. 잊어라. 죽음이라는 단어를 사전에서 지워라. 어두운 그림자일랑 몽땅 지워라. 가슴을 쥐어뜯어라. 검은 혀를 내밀며 밤새 윙윙거리던 망각의 혼령들이여 멀리 꺼져라.

이 아침에, 이 아침에, 이 아침에, 숨소리가 쿵쿵거리며 천지를 울리는 아침에, 아침 앞에 무릎을 꿇으며, 빛이여, 아침에, 아침에……

彌助 앞바다 안개

먼 길을 찾아온 안개가 웃으며 방울마다 인사를 한다. 오호라. 그들이 말을 한다. 수천억 곱하기 수천억 개인 우주의 별들. 그리고 안개방울들. 낱낱이 살아서 일제히 뭐라 중얼거린다. 딩딩 둥둥 동동 투투 라라 맘맘 ㅎㅎㅎㅎ ㅎ ∞∞∞

안개가 깨어진다. 흩어진다. 갑작스레 당신 가슴속으로 쳐들어온다. 가슴이 부서진다. 활짝 열린다. 숨어 있던 가슴방울들이 튀어나와 방울안개의 손들을 세차게 잡는다. 불꽃이 튀긴다. 세상이 환하다. 그들이 다투는 불꽃에 그만 먼 기억들이, 먼 시간들이, 먼 사랑과 슬픔이 모두 녹아내린다. 온통 하양이다. 처음엔 시뻘겋더니 새파랗게 그리고 끝내 새하얗게. 오직 사랑의 숨소리만이 속삭인다.

안개가 그대 옷을 벗기고 자기도 알몸이다. 눈앞 바다, 彌助의 얼굴이 드러난다. 미륵불이 웃는다. 뜨겁게 포옹하는 우리. 돌섬 부처의 눈길이 마냥 환하다. 햇님까지 불렀나 보다.

이야기보따리

이야기보따리에 구멍이 뚫린 지 오래. 바람에 비벼 대고 시간에 부대끼며 떠들었더니 휑하니 문이 열렸다. 마음 속살이 훤하게 드러난다. 한 이야기 또 하고, 엊그제 이야기한 것 또 오늘 되풀이하고. 이야기 그림자가 층층이 쌓이더니 돌탑이 되었다. 한없이 높이 올라가던 돌탑이 어느 날 무너져 흩어진다. 허공에 휘날리는 이야기들. 아무 데나 날아가서 민들레꽃을 피운다. 그대와의 사랑은 하얀 제비꽃. 망각 속에 반짝이는 이야기들이 하늘에서 별이 된다. 눈을 비비는 그대. 흐르는 시간 속에 이야기 너머 우주의 숨소리가 세차다.

들리지 않는 옛 소리들
보이지 않는 옛 얼굴들

그래도 들리고 보이는데

세월은 화석. 살아남은 이야기들이 먼 미래로 투영된다. 뒷마당으로 사라지는 얼굴. 순간의 빛. 그대 마음속에 새로운 이야기를 만든다. 죽어서도 별이 되리.

햇님이 바람에게 들려준 이야기

바보 태양. 오늘도 되풀이하는 나의 길. 멍청이. 춥고 무서운 밤을 왜 부를까. 내가 얼굴을 감추면 어둠이 찾아오는데 그래도 길을 되풀이하네. ㅎㅎㅎ 아직도 몰라? 어둠이 존재하는 것은 아냐. 어둠은 없어. 빛이 자리를 비울 뿐이야. 아침이면 다시 찾아오겠지. 길을 떠나는 게 아냐. 몸은 내 자리에 있어. 그냥 언제나. 길을 되풀이해서 걷는 것은 너야. 되돌아오지 못할 길을 넌 자꾸만 걸어가고 있어. 네가 딛고 선 땅덩어리가 빙빙 돌고 있어. 마치 내가 사라지다가 다시 나타나는 것처럼 보일 뿐이야. 아침이면 낮을 부르고, 낮은 저녁을 낳고, 저녁은 밤을 부르고, 밤은 아침을 낳는데, 어둠도 빛을 낳고, 빛은 밤을 부르는데 모두 허깨비가 아닐까.

낳고 낳음을 이어 가는 것이 이 세상이고, 착함이라는데 정말 그럴까. ㅎㅎㅎ 나도 그렇게 믿어. 그렇지 않더라도 그렇게 믿고 싶어. 너도 바보 나도 바보. 후훗. 우리 둘 중에서 누가 진정 바보일까. 가위바위보를 해서 이기면 너와 내가 자리바꿈을 해 볼까. 네가 내가 되면 몽땅 녹아 흔적도 없을 거야. 응. 내가 네가 되면 굳은 돌덩이로 빛도 어둠도 없을 거야. 그건 싫어. 네가 사라진다고 해도 어둠을, 그리고 빛을 만나게 하고 싶어. 난 언제나 빛나는 태양이고 싶어. 너희들이 한없이 쓸쓸하고 아프더라도, 나를 쳐다보면서 낳고, 낳고, 또 낳고 살아가면서 숨을 쉬게 하고 싶어. 나처럼 뜨겁게 바보가 되었으면 좋겠어.

無明의 寺刹

처마 밑 벗겨진 단청은 색을 거부한 지 오래되었다. 대
낮에도 그늘 속 어둠으로만 치닫는 절간. 눈을 비벼도 부
처님은 보이지 않는다. 태양 빛이 내리꽂는 디딤돌 위로
그림자만 남은 부처님과 보살님들. 몸은 있으되 짓눌린
가슴. 한낮 검은 그늘이 그대를 삼킨다. 열한 개의 얼굴
과 천 개의 손길은 생로병사 즐비한 아파트 한가운데 탁
발을 하다가 길을 헤매고, 헤매고 또 헤매다가 과로로 숨
을 거둔 지 오래다. 경찰에 신고를 하는 사람이 아무도 없
다. 아랑곳하지 않고 어둠을 모르는 햇빛. 울긋불긋 벌써
부터 깔깔대며 무지갯빛 일곱 명의 아이들이 탑돌이를 하
고 있다. 기다란 그림자만이 홀로 부처님의 검고 무거운
손으로 걸어가고 있다. 어제 꿈에 벌써 죽었던 나는 한낮
색동옷 아이들에게 버림받고 피안의 다리 앞에서 지금껏
부처님을 찾고 있다.

빗방울 하나

　봄날 빗방울 하나가 H_2O 물 분자를 수백억, 수천억 개를 거느리며 내려가고 있다. 검은 구름에서 수백억, 수천억, 수조 개의 빗방울이 떨어져도, 빗방울 하나는 아랑곳하지 않고 순간을 지키려 안간힘을 쏟고 있다. 구름과 대지 사이의 순간들. 빛이 명멸하며 물방울을 반짝이게 하는 순간들. 멈추지 않고 사라지는 순간들. 순간이여, 정지하라. 움직이지 말고 나를 붙들어라. 그리고 외쳐라 순간을. 왜 떨어져야만 하는가. 고개 숙인 빗방울이 낙하한다. 바람이 부드럽게, 격렬하게 부딪쳐 오지만 우주를 가슴에 담고 갈 길을 향한다. 땅에 으스러져 수천억 개의 물방울로 산화하며 빗방울은 무지개 얼굴로 생명을 노래한다. 아무도 귀 기울이지 않는 노래. 들을 수 없는 노래. 수천억 개의 빗방울들이 내지르는 소리들. 그대 빗방울 하나의 소리는 그림자도 보이지 않는다. 빗방울은 오로지 파열. 아플까, 얼굴을 찡그릴까, 소리라도 지를까. 하늘이여, 땅이여. 가슴을 텅 비워라. 빗방울은 구름과 대지의 순간을 침묵의 영원으로 끌어안는다.

봄이 떨어지다

　봄이 떨어진다. 눈길은 떨어지지 않는데 봄바람이 높은 하늘에서 땅으로 구른다. 어제의 기억들이 사라진다. 저무는 봄에, 화장을 지운 꽃잎들이, 그대 얼굴이, 그대 이야기가, 끝내 감추었던 그 모습들까지 하나 둘 하나 둘 그리고 헤아릴 수 없는 그 모두가. 살랑이는 바람에도 떨어지는 이야기들. 겨울의 아픔까지도 씻어 내는 봄의 산화. 산산조각 흩어지는 시간. 능소화는 몸을 꼿꼿이 세우며 떨어진다. 싱싱했던 풋내 사라지고. 텅 비워 홀가분한 그대. 아무도 귀를 기울이지 않는 동백의 붉은 울음. 천 길 낭떠러지로 떨어지면서도 온몸으로 숨소리를 감싼다. 절벽 아래 수억 년 고였던 이야기의 연못이 낙하하고 있다. 落花. 지워지는 봄빛 끄트머리에서 환하게 솟아오르는 얼굴. 시간의 검은 강물을 마다하며 순간을 붙드는 얼굴. 모든 기억을 지우며 언어까지 몽땅 삼켜 버린 얼굴. 땅바닥에 구르는 그대의 주름진 손을 당기며 웃음을 짓는다. 떨어지는 가슴꽃들이 봄이다.

세월의 향기

익어서 떨어질 때는 향기라도 남았을까. 입안이 부풀도록 지나간 세월을 쑤셔 넣고 지근지근 씹으면 맛이라도 느낄까. 그토록 오래도록 발효된 삶 더미에 꽃잎이라도 띄워 향기를 부를까. 흘러왔고 지금껏 흐르는 그대. 시간의 그늘에 웃음의 그림자. 마냥 젖어 들다가 끝내 조글조글 말라 버리는 몸뚱이. 왔다가 사라지는 삶의 뒷맛이 떫고 쓰다. 옅게 널리 퍼지다가 햇빛에 먹히는 살내음. 입과 코에 마지막으로 남았던 여운이 눈을 어둡게 한다. 저 멀리 빛을 찾아 헤매는 늙은 눈. 느낌의 바다는 바람 한 점 없이 깊숙이 푸르다. 젊은 뱃사공이 통통 또 다른 파도를 헤쳐 나가며 당신의 이마 밑 묵은 향기를 밀어낸다.

마침표를 기다리며

한 얘기 다시 하고 또 하고 한 얘기 다시 하고 또 하고 한 얘기 되풀이하고 다시 하고 또 하고 한 얘기 한 얘기 한 얘기 한없이 되풀이하는 되풀이되는 한 얘기 쉼표는 있는데 마침표가 없는 얘기 한 얘기 다시 하고 또 하고 한 얘기 또 하고 또 하고 한 얘기 되풀이하고 다시 하고 또 하고 한 얘기 한 얘기 한 얘기 한없이 되풀이되는 한 얘기 쉼표는 있는데 마침표가 없는 얘기 한 얘기 다시 하고 또 하고 한 얘기 또 하고 또 하고 한 얘기 되풀이하고 다시 하고 또 하고 한 얘기 한 얘기 한 얘기 한없이 되풀이되는 한 얘기 쉼표는 있는데 마침표가 없는 얘기

마침표가 다가오고 있다.
마침표를 기다리고 있다.

그래도 한 얘기 다시 하고 또 하고 한 얘기 또 하고 또 하고 한 얘기 되풀이하고 다시 하고 또 하고 한 얘기 한 얘기 한 얘기 한없이 되풀이되는 한 얘기 쉼표는 있는데 마침표가 없는 얘기 끝나지 않고 사라지려는 얘기 그래도 다시 하는 얘기 또 하고 또 하고

가슴화산

    치밀어 오르는 가슴속 화산이 연기로만 피어오른 지 오래. 꼭대기 분화구에 올라가는 길도 험하지 않다. 경사가 완만하다. 사람들이 오르락내리락하며 드나든 지 오래. 시뻘건 마그마가 깊숙이 아래 들끓는다. 멀쩡한 얼굴은 화장도 하지 않았는데 환하다. 사람 발자국이 쌓여 골이 패인 주름살. 하늘에서 비가 내리면 발자국 골에는 시냇물이 흐르며 소리를 낸다. 뜨거운 가슴에 데어 빗물은 연기가 되어 증발한다. 공중에서 떠도는 나그네 구름. 검은 구름이 뭉게구름. 할 이야기가 하늘 끝까지 쌓이면 무거워 소나기로 내린다. 천지를 뒤덮는 소나기 소리. 소나기는 몸을 뜨겁게 산화한다. 화산은 수증기에 연기를 뜨겁게 부풀리며 말이 없다. 가슴속 불꽃을 연막으로 감싸 두고 손을 내민 지 오래. 사람들이 웃는다. 땀을 흘리며 올라온 보람이 있다고. 김 서린 연기가 치솟아 하늘에 강을 이루며 흘러간다. 화산의 언어들이 유황 냄새를 풍기며 산화한 지 오래. 미래의 시간을 품은 마그마는 여전히 펄펄 끓는다. 얼굴은 보이지 않는다. 내뿜은 언어들만 세월과 함께 흔적도 없이 사라진다. 오래도록.

존재를 긍정하면서

그냥 사라지고 있다. 그냥 보이지 않는다. 그냥 들리지 않는다. 그냥 느껴지지 않는다. 그냥 되풀이되는 것들. 되풀이되어 현재로 나타나는 녀석들, 것들. 것들이 그냥 사라지고 있다. 모두가 수동형. 너와 나. 누군가에 의해서, 무엇인가에 의해서 벌써부터 어디론가 사라지고 있다. 백수십억 년 전부터, 수천억 수천조의 별들이 태어나고 또 사라지는 시공간 속으로, 무한의 어둠 속에 순간의 빛줄기로 반짝하다 사라지고 있다. 그게 늙음의 마지막 모습일 거야. 그래도 살아서 꿈지럭거렸다는 게 신기하지. 내 한 몸도 하나의 별로 숨을 쉬었던 거야. 그냥 사라져도 썩어 먼지가 되든 바람이 되든 빛자락이 되든 그냥그냥 무엇일 거야. 현재의 존재, 그게 전부일 거야. 영원히 시간을 넘어서서 무엇이 되고 있을 거야.

존재의 울음

언어가 울고 있다. 소리 없이 가슴을 치며 운다. 가슴속에 소리들이 가득하다. 입 밖으로 나오지 못하는 소리들이 괴성을 지르다 못해 울고 있다. 언어가 늙었다. 수명을 다해 간다. 소리를 질러도, 크게 외쳐도 들리지 않는다. 사그라진다. 사라진다. 조그맣게 희미하게 아득하게 멀리 떠나 버리는 언어의 얼굴. 붙들 수가 없다. 어디에 숨었는지 보이지 않는다. 붙잡고 싶어도 찾을 수 없는 언어. 소리로 만들어진 언어. 그 소리들이 모두 가슴속에 가라앉는다. 익사를 해도 그 몸뚱이를 찾을 수가 없다. 눈을 똑바로 떴는데도, 머릿속에 그림자 언어들이 날뛰는데도 어디에 있을까 흔적조차 찾을 수 없다. 아무리 울어도 아무도 들을 수 없는 언어. 보이지 않고 느껴지지도 않고 만질 수도 없고 생각도 나지 않는 언어. 그대 언어 홀로 울부짖는다. 그 울음소리가 우주의 검은 나락에 걸쳐 아직도 목숨을 연장하고 있다. 그대 홀로 생명을 붙들고 울고 있다. 과거의 기억을 몽땅 잃고 온몸을 떨며 소리 죽여 운다. 침묵의 울음을 울라. 영원한 현재로 울라.

새벽에 추산의 단소를 들으며

한없이 가이없이 아스라이. 풀어져서 흩어져서 헤쳐져서 듬성듬성 보일 듯 말 듯 들리듯 말 듯 여전히 어두운 하늘과 바다. 깜깜한 세상. 무심한 세월. 아무래도 그만 이래도 좋고 저래도 좋고. 그래도 파고드는 소리. 환하게 열린 소리들이 가슴속에 등불을 밝힌다. 조여 왔던 매듭들. 살갗을 뚫고 찔러 대던 허튼 매듭의 모서리. 피돌이까지 멈추게 하려던 돌덩이 매듭들이 가슴에 닿으며 녹아내린다. 풀어헤친 가슴 마당에 모여드는 소리들. 우주의 별빛보다 더 많은, 더 젖어 있는 가슴의 흙들. 소리들이 새싹을 피운다. 불꽃까지 튀기는 순간의 꽃들. 울긋불긋 가슴이 부풀어 오른다. 한없이 가이없이 아스라이. 감긴 눈이 칠흑의 밤을 바라본다. 소리가 환하다.

재즈를 듣는 오후에

듣거나 말거나 들리다 말다가 의식이 있든 없든 생각을 하든 말든 딴 곳을 쳐다보든 말든 누군가와 이야기를 할 때 옆에서 흘러가도 그만. 그래도 느낌의 분위기를 하루 그때 그 순간을 부드럽게 그대 홀로 있어도 친구처럼 옆에 있기도 하고 기쁘거나 슬프든 쓸쓸하거나 괴롭든 그냥 마냥 흐르고 멜로디 아무런 구절 아무 때나 아무 곳이나 시작해도 되고. 공기처럼 꼭 있어야 듣는 이를 숨 쉬게 하고 그대가 원한다면 한없이 살며시 달래 주고 삶이 이렇게 흘러갈 수 있다면 얼마나 좋을까 그렇군요 오늘도 옆에서 들릴 듯 말 듯 속삭인다.

XXX

x가 셋인 사람. x로 불리는 것. 하나로도 충분한데 이름이 보통 세 글자라 하니 xxx. 글자로 된 이름 대신에 부호로 그냥 xxx, 보는 사람, 듣는 사람, 기억하는 사람에게 xxx는 무한 미지수. x는 y를 떠올리게 하는데 x + y는 남녀 한 쌍. 그 둘이 합해 또 다른 인간을 만들어 내지. x 하나로는 미완성? 그래서 x는 가만히 있지를 못하고 울거나 웃거나 떠들거나, 살았다가 죽기도 하고, 사라지다가 홀연 나타나기도 하고. x는 왜 그리 말이 많은지. 아니 x이기에 궁금해서 온갖 말들이 따라다니나 봐. 늘 어둠과 빛을 왕래하지. 물음과 답을 떠난 지 오래. 그냥 숨만 쉬며 존재 그 자체라고 하더군. x를 보고 듣는 사람들이 괜스레 어쩌구저쩌구 떠들어 대나 봐. x로 던져져, 아무렇게나 빠져 있어, 그냥 그렇게 부른다더군. x는 스스로를 x라고 말하지는 않지. 그래도 x라고 낙인이 찍혀 있어. 에라 모르겠어 스스로 나는 xxx라고 하더군. ㅎㅎㅎ 확실한 건 x는 혼자가 아냐. y와 합해서 응? "x + y = 사람"이 되었지. 그게 완성일까? 아니지 아냐. 그건 시작일 뿐이야. 시작도 힘들어. 아무나 못 해. 세상이 그렇게 변했어. x + y = z. 아냐. 26개의 알파벳은 지금도 흐르고 있어. 그대는 x에 불과하지. 무한한 변신 가능성이 있어. 당신은 하나이

고 다른 25개의 알파벳이 기다리고 있어. 두 개가 되면 관계를 구성해. 관계는 다른 관계도 부르고 창출하지. 관계의 우주 속에서 x는 숨을 쉬지. 그리고 노래를 하지. 무수한 관계만큼이나 x는 수많은 노래를 부르고 있어. 대단해. x가 x임을 깨닫고 있으니 말이지. 그래서 xxx라는 별칭으로 불리고 싶을까. 보는 사람은 이름처럼 기호를 부를 수 없으니 그냥 쳐다보며 말을 걸거나 머릿속에서 생각만 할지도 몰라. xxx는 그걸 원하나 봐. x의 이름은 xxx라고. 더 이상 묻지 말라고.

안개비

안개가 덮어 주니 눈에서 사라졌다. 빗소리가 창을 마구 두들기니 사람 소리가 들리지 않았다. 존재가 무한이 되었다.

비안개 속에 외딴 존재의 외침.

이론을 무시하라 (책을 불태운다) 논리를 제거하라 (머리는 이발을 하지 않는다) 분석을 회피하라 (얼굴을 화장하지 않는다) 판단을 하지 마라 (우주는 깜깜하다) 결론을 미루어라 (옷을 입지 마라) 의심을 거두어라 (빨가벗어라) 생각을 잠재워라 (잠을 자라) 질문을 포기하라 (꿈을 꿔라)

사람이기를, 인간이기를 멈춰라 (벌레가 되어라)

깨끗한 어둠 속에서 노래를 하라. 소리 없이. 심장박동에 맞춰 춤을 춰라. 움직임 없이. 가만히 앉아 미동도 하지 않은 채. 밤과 낮이 수십억 년 줄기차게 뒤바뀌니 묻지 마라.

안개 한 방울.
빗방울 하나.
오오. 그대.
헤아릴 수 없으려니.

강물과 바다를 부러워하지 마라. 백사장 모래알 하나가
그대 손길에 젖어 노래하며 화답하리. 존재하는 그대. 순
간이 영원이려니. 언어로 더 이상 이야기하지 마라.

김두수

들꽃. 기슭으로 가는 배. 나비. 해당화. 보헤미안. 새벽비. 19번지 blues. 산. 시간은 흐르고. Romantic Horizon. 추상. 저녁강. 방랑부. 들엔 민들레. (듣는다) 강변 마을 사람들. 자유로운 마음. 햇빛이 물에 비쳐 반짝일 때. 강. 멀리서. 청보리밭의 비밀. 나무 그늘 (또 듣는다) Deja-entendu. 길 없는 시간의 노래. 열흘나비. 치자꽃. 회우. 방황하는 이를 위하여. 자유로운 마음. 따오기. 노란 꽃에 파랑나비 날 때. 시대는 전사를 거두지 않는다. 바람 소리.

(그래도 듣는다) 작은 새의 꿈. 귀촉도. 우편엽서. 시오리꽃. 여로. 꽃묘. 흐린 날의 연가. 정아의 장미. 작은 배와 파랑새. 이루어질 수 없는 사랑. 어허야 둥기 둥기. (김두수가 내가 되어 듣는다) 바람개비. 노을. 낙화. 강 건너기. 시간의 노래. 무풍지대. 곱사무. Leaden. 저녁이 온다. 이방인. 해 뜨는 집…… 한없이 비가 내리는 날. 노래가 되어 바다 위로 떨어지는 빗방울들.

제2부 짧게

矛盾

살아 있음에 빛이. 숨 쉬고 있음을 축복하라.

反 解脫

알맹이는 세월에 삭아 사라지고 허접스런 껍데기 텅 빈
구멍에 삶의 숨소리.

아내의 迎新

들을 수 있음에 볼 수 있음에 느낄 수 있음에,

그대와 함께
숨 쉴 수 있음에,

妄念

크다 만져지는 게, 깊다 보이는 게, 넓다 생각되는 게,
끝이 없다 느껴지는 게, 사유의 무게는 무한인데 그대 몸
뚱이는 빛의 그림자로 바람에 흩날린다. 존재가 어둠이 되
어 가는 우주여!

마지막에

　외침과 울부짖음. 죽음을 붙들어 맨 소리들. 언어가 사라지고 그림자만 남는다. 그늘을 움켜쥐고 귀청을 뜨겁게 달구는 소리들. 멘붕에도 아랑곳하지 않고 점점 커지는 침묵의 검은 소리들.

하양 시클라멘

흰색 시클라멘이 눈을 붙들더니
그대를 바다로 당긴다

붉게 치솟던 불덩이 해도
하얗게 변해 하늘로 올라간다고

너무 뜨거우면
빨강도 하양이 된다고

난 그대 가슴속에 언제나
붉거나 분홍 시클라멘이었다고

살면서 하도 울어서
눈물에 탈색이 되었다고……

붉은 핏덩이로 태어나
이제 흰 머리카락을 흩날리며
젖은 눈으로 흰 꽃잎에 속삭인다

살면서 너무 울어서

눈물 호수에는 흰 꽃만 피어난다고

하양 꽃잎마다
부처님 눈길이 맺혀 흐른다고

비움

＿

내려놓았다가
텅 비웠다

빛이 찾아들었다
비운 시간과 공간 사이로

바람도 나들었다
아무 곳이나
아무렇게나
아무 때나

어디서 왔을까
등 굽은 소나무 한 그루
메마른 솔방울이 떨어졌다

새들이 날아오더니
땅바닥에 싹들이 솟아나고
담장이덩굴이 소나무 허리를 감쌌다

＿

비움 속에

만물이 푸르렀다

부르다

부르고 싶습니다
부릅니다
부릅니다
노래를 부릅니다

밤낮없이
큰소리로 외치며 부릅니다

부르고 싶습니다.
부릅니다
부릅니다
이름을 부릅니다

그대를.
누군가를
아침저녁으로
목 터지게 부릅니다

이름이
그리움으로

노래가 되어 부릅니다

늦기 전에
부르고 싶습니다
죽음이 부르기 전에
할딱거리는 삶의 부름을 쫓아,

부릅니다
지금 또 부릅니다

빛

─

빛은 살아 있음
빛은 이름들의 시작

살아 있음은 빛
어둠은 이름이 아니다

어둠은 빛의 없음일 뿐
없음이며 없기에

존재하지 않으면서
숨을 쉬는 사람들에게
언어로만 그렇게 존재하는……

살아 있기에
뜨겁게

빛
光明

─   오늘도

그대를 품는다

아침 빛

죽어 가는
시간이 누르고 있다

빛

어둠의 그림자가
온몸을 뒤틀며
낳고 있다

빛

그늘 속
그르렁 가쁜 숨에
그림자의 꼬리가 길다

새벽을 헤치고
내미는 얼굴

빛

아침의
젖은 안개
물방울마다 아롱지는……

빛을 삼키고
빛을 뿜어내는
빛이 가득한 가슴에
빛의 여울이 세차게 흘러가다

의식

머리
뒤통수
꼬리그림자
마냥 늘어져도

도마뱀처럼
잘라 내지 못하고

함께
어둠 속으로
사라질 순간만을 기다리고 있다

破門

시들어 떨어지는 꽃송이가 외쳤다
바람아 그만 흔들어라

온통 눈부신 오월에
울긋불긋 꽃봉오리들 터지며
생명이 치솟아 하늘에 닿는 오월에

울부짖는다

언제
어떻게
어디로 어디로

늙어 그림자까지 잃어버린 꽃송이
바람아 그만 흔들어라

달력을 넘기면서

사람 손길이 닿을 때마다
달력은 가슴을 졸인다

어제와 내일이 모두 하얀 종이인데
그들은 얼룩덜룩 나누어
북 찢어 대며
시간을 붙잡으려 한다

그대는 그냥 흐르는데
앞뒤 없이
소리 없이
한없이 오가는데

넋두리
숨소리가

너른 앞바다에
돌멩이 하나로 풍덩 빠져든다

진여의 바다는

바람 한 점 없이 거울인데

거울 속 주름진 얼굴은
흰머리 부서지는 파도를 생각하며

오늘도
달력 한 장 넘기면서
달력의 마음을 새까맣도록 흔든다

지금껏

지금껏 구름을 헤치며 하늘을 향해 올라왔다
절벽에 울퉁불퉁 계단이 붙어 있다
천 길 낭떠러지

꿈이었다
계단은 무너져 내렸다
산이 되고 들판에서 강물로 흘렀다
지금껏 밤낮으로 헤치며 아프게 걸어왔다

웃음과 울음을 돌에 새겼다
기쁨과 슬픔의 주름들이 깊었다

이름 모를 무리들이
북 치고 노래하며 춤을 동그랗게 그렸다

나도 끼어들었다
지금껏 그렇게 세월이 흘러갔다

하얀 구름 너머
하늘세상이 손짓을 하고 있다

회색의 바다

밤새
어둠 속으로
삶을 그토록 삼키더니

아침 그늘
오로지 잿빛에
하늘도 푸른빛을 이별하다

파도마저
숨을 죽이고
등댓불은 꺼진 지 오래……

멀리
미륵봉
푸른 그림자가
자비의 눈길을 보낸다

숨 쉬는 하루가 고맙다

한세상 살려는 이 세상에
들릴 듯 말 듯
숨소리에

멀리 통영 앞바다는
숨차게 숨어드는 섬들을 삼킨다

숨죽이며
하얗게 비어 가는 풍경에
숨 가쁜 코로나19 세상까지

숨 막히게 한세상 덮어 버릴 듯
숨길을 흰 마스크로 막아 버린 바다

숨 · 숨 · 숨
숨 찾아

잠을 설친
그대 나그네 삶

하루가

숨 나들이 고맙구나

아침 밝은 빛 울렁이는 숨길

우주로 분열하다

비명을 지르며
현실로 되돌아오는 소리들

몸뚱이가 몸이 아닌 그런 시간들
누구인가 하는 물음은
의미가 없다

기계인가
진정 인간인가

세포분열로 부서지는 소리들
핏줄기 뜨겁게 강물로 흐르는데
허스키한 소리들을 외치며 목만 쉬어 간다

화산으로
폭발해 버리는 몸뚱이

심장이 산산조각이 되어
우주로 흩날리고

외침은
흔적도 없이
뭉게구름으로 하늘로 치솟는다

검은 구름 사이
먼 기억으로 사라지는 추상화들
소리들이 아스라이 그대를 붙든다

검은 날개의 그리움

검은 날개가
세차게 파고들 때

밤바다
까맣게 까마득히

검은 빛
검은 느낌
검은 그림자

미치도록 새까만 소리들이
검은 파도로

당신의 가슴을 쥐어뜯다가
때리고 때리며 또 뗴쓰듯 때리다가

바보처럼
눈물이 나도록 아우성치다

텅 비워 가는 시간들이

제멋대로 그대를 짜깁기할 때

문득 떠오르는
그리움

그냥
그냥
숨소리

허깨비라고 던져 버렸던
못 믿을 꿈이라고 잊었던,

언어로만
지금껏 버틴
마지막 그리움

동짓날 앞에

불꽃이 사그라져
깜박이며 어둠 속으로 사라질 때

치열이 파열되어
가루로 흩날리다가
그대 가슴으로 삼켜질 때

초미세먼지로
산화하는 삶의 그늘
나이 들어 농도가 높아진다

밖을 나다니기는 위험
안과 속으로만 걷는 발길

발자국마다 깊게 패이며
세월의 아픔이 고인다

숨꽃이 여려져
할딱이며 적막 속으로 다가갈 때

모든 언어를 잊어버리고
눈먼 장님에 벙어리 귀머거리

마음에 흰빛이 솟아오른다

부처 앞에서 스러질 때

봉오리로
맺혀 답답했다
피었을 때 이슬이 얹히고
그대 눈길이 쌓여 무거웠다

세파에
시들고 물들더니
몸뚱이가 작아지면서
눈귀가 열리고 별빛에도 떨렸다

바람이 불 때마다 아플까
땅이 두 손으로 감싸 안았다

대지는 포근했다
아늑했다
넓었다

바람이 불어 딩그르 데그르
숨 트이고 눈이 맑게 텅 비어 갔다

바람이 불 때마다 시간을 잊었다
추억이 작아질수록
사라질수록

바람이 불 때마다
땅 위로 하늘로 떠돌아다녔다

바람이 맺힐 때
뼈대만 남은 몸이 바스러졌다

캄캄한 밤
비바람 세차게 몰아치는 밤
기억을 수놓던 언어가 끝내 사라졌다

먼지가 세상을 삼킨 아침에

미세먼지가
하늘과 땅 그리고 바다를 삼켜 버린 날

앞을 헤아리지 못해
절룩이는 다리는 주저앉고

회색으로만 칠해야 하는 캔버스는
물감을 고를 수가 없었다

목소리가 쉬었다
소리울림에 먼지 알갱이들이 휘돌았다

먼지로 흩날리는 느낌들
사람들은 먼지의 강물에 흘러갔다

먼지 먼지 먼지
눈에 보이는 세상이 먼지
세월과 기억도 먼지처럼 흘렀다

차라리 하얗게 뵈지 않았으면

64

차라리 숨소리 몽땅 사라졌으면……

너와 나
그들이 덩이덩이
먼지 안개 속에 얼굴을 잃었다

떠나고 싶다

머리는 빈 깡통
몸은 녹슬어 간다

녹내장에 시달리는 눈은
온 세상을 흐릿하게
겹겹으로 감싸고

축농증을 만났던 콧잔등은
봄철 향기 그림자만 보여 준다

심장병 환자인 그대
피돌이 가슴마저
빗장이 잠기고

밤마다 꿈에 시달리다 깨어나서
그래도 숨을 쉬는구나
안도하는데

어쩌면 잠자다 떠나는 게
큰 행복일 터

어릴 적 잃었던 도깨비방망이를
다시 찾아올거나

뚝딱 한번 두들겨서
하늘나라로 날아갈거나……

왜 살까

왜 사니?
왜 물어?

살아 있으니 산다.
넌 어떤데?

죽고 싶어?
아니 살고 싶어.

그럼 묻지 마.
그냥 살어.

언제까지?
묻지 말래도.

잠잘 때처럼
몰라라 해.

그냥 그냥
숨만 쉬어.

68

쓴다

살아 있어 쓴다
죽지 못해서 쓴다

느끼는 게 있어 쓴다
쓸 수 있는 게 있어 쓴다
말을 아직 할 수 있어 쓴다
생각 나부랭이가 남아서 쓴다

쓴다는 게 뭔지 그래도
시간의 끄트머리 하나라도 잡는다

말로만 듣는 영원으로 떠나기 전에
숨을 쉬는 순간의 시간들이 나를 붙잡기에

쓴다
죽을 때까지
손놀림을 할 수 있을 때까지……

逆七十而從心所欲不踰矩

—

가만히 있지 말고
꿈적거려 봐. 꿈틀대며 움직여 봐.

쳐다만 보지 마.
멍하게 바보처럼 우두커니 서 있지 말고.

찾아야 돼.
우물쭈물하지 말고 부지런히 찾아봐.

들어가야 돼.
망설이지 말고 뛰어들어 봐.

불덩이라도 물속이라도
몸을 담그고 뭐라도 움켜쥐어 봐.

불씨 찾아 너를 태워 봐.
불 지르겠다 생각만 하지 말고.
불 지르고 나서 쳐다만 보지 말고.

—

불꽃 속으로 들어가

70

뜨겁다고 비명을 지르더라도
너를 재가 되도록 끝까지 태워 봐.

물에 씻지만 말고
몸을 풍덩 담가 봐.
온몸으로 물살을 느껴 봐.
살려고 발버둥 치며 헤엄을 쳐 봐.
거센 물결에 발가벗고 뛰어들어 봐.

푸른 하늘이 보여?
잡을 수 있어?
찾았어?

무슨 소리라도 들려?
외줄 두레박이라도 내려오나?

쓰러질 때까지
온 힘으로 소리를 질러 봐.
악다구니 쓰며 발악 한번 해 봐.
허공에 손 내지르고 발로 땅을 쾅쾅 때려 봐.

제3부 기다랗게

말하기 전의 세계

　말하기 전의 세계 속으로 들어가 홀로 산다. 눈에 보이고 귀에 들린다. 손끝과 발가락의 감촉을 그냥 느낀다. 이름들이 생각나지 않는다. 낯이 익은 얼굴이지만 이름이 생각나지 않는다. 누구더라. 꼭 이름이 필요할까. 그냥 알면 되지. 그래도 이름이 있어야 이름 꼬리에 달린 무수한 다른 기억들이 살아 나올까.

　이름을 알게 되면 말문이 트인다. 말은 이름으로부터 시작한다. 늙어 보내는 하루. 만나는 사람 거의 없이 흘러가는 하루. 말이 소용되지 않는 시간들. 이름이 필요 없다. 무엇인가 지칭하는 명사들. 하루 내내 가리키는 것 없이, 명사 없이 멍하니 있다. 명사들이 모두 사라진다. 이름의 세계에서 떠나와 그냥 펼쳐지는 망망대해. 눈의 바다. 온 세상을 담고 있는 귓속의 우주. 눈을 감고 귀를 닫아도 살며시 다가오는 바람의 감촉과 냄새. 머릿속은 불빛 없이 시커멓더라도 끊임없이 무엇인가 흘러간다. 계속 흐른다. 어디로, 무엇이. 어떻게. 왜? 나도 모른다.

　오늘도 말이 없는 우주 속에서 살다가 이렇게 한순간 끼적거린다. 고마울 정도로 언어는 다른 세상을 보여 준다. 그대들이, 그것들이 나에게 말을 걸어왔다. 그래서 지금껏 살아왔을까. 나이 들어 말이 사라진다. 시간도 더 빨리 흘러간다. 몇몇 남지 않은 그대들, 그것들, 말을 건네지 않는다. 사라졌다가 말이 멀리 사라지면 시간의 흐름도 전혀 느끼지 못할 터.

말하기 전에 있었던 세상. 하늘과 땅, 만 가지 것들. 아내와 새끼들, 부모 친지들, 사람들. 말을 만들고 배우기 전에 머리통 속을 가득 채우며 흘러가던 갖가지 느낌들과 생각. 기억. 냄새들. 촉각. 우주 세계를 가득 포만하게 채웠던 것들. 것, 것, 것, 것, 것들.

요즘 것들이 이야기를 해 온다. 말 이전의 이야기들. 아마도 것들이 사라지기 전에, 내가 사라지며 것들이 되리라.

언어의 춤

—

1.

 뾰족뾰족 날카롭게 하늘을 찌르는 봉우리들, 그 사이사이로 어둠을 거느리며 가파르게 내리꽂는 골짜기. 언어가 빚어 놓은 험한 산세. 계곡으로 떨어지는 언어의 방울들. 바람이 거칠게 불어닥치며 언어는 화살처럼 곳곳을 찔러 댄다. 깊고 어두운 벼랑 한 모퉁이에서 솟아올라 절벽의 바위를 타고 맹렬하게 치솟는 언어. 언어의 무리들. 떼를 지어 허공을 때리고 하늘을 삼킬 듯 휘돌아 치며 구름을 산산이 깨어지도록 휘갈긴다. 외침 소리에 시꺼먼 구름까지 놀라 봉우리를 휘감아 싼다. 부서지는 소리. 울부짖음을 기록하라. 소리로 노래하려 함이니. 언어가 태반을 찢어 냄이니. 소리로 탄생한 놈들은 펑퍼짐한 너럭바위에 놀다가 울퉁불퉁 돌바위에 부딪치고 깨어지며 음절로 산화한다. 공중으로 퍼지다가 액화되어 흐르는 소리들. 끈질기게 흐르는 물. 물. 물소리가 되어 아래로 아래로 세상으로 내려간다. 솟구치지 못하고 그냥 아래로 밑으로 흐른다. 흐르고 또 흐른다. 흐르는 언어들. 그때마다 흩어지다 모이고 헤어지다 몰려들고 깨어지다가 합치고 밑으로 스며들어 사라지다가 다시 솟아나고 가느다란 줄기에서

거대한 흐름의 강물이 되고. 흘러라 언어여. 언어의 바다
를 이루어라. 그 바다에 우리는 돛단배 한 척 띄우려니 바
람아 불어라. 하늘에서 내려와 언어로 빚어 놓은 협곡에
서 뛰놀아라. 벌거벗고 마음껏 춤을 춰라. 그대 온 짓거리
를 춰라. 언어의 합주곡에 맞춰 그대는 춤을 추려니. 삶의
순간을 만들어 가려니. 언어의 거대한 돌탑이 그대의 짧
은 한생을 단단하게 보여 주려니. 말을 하며 인간으로 살
아감을 찬양하라.

2.

발걸음 가볍게 걸어간다. 사뿐사뿐. 짙푸른 바다 위를
걸어간다. 잔잔한 파도. 파도 머리가 수만 개 수억 개 널리
며 펼쳐지는 물의 세상. 부드러운 살결을 쓰다듬으며 방울
방울 발을 딛는다. 지그재그로 걷고 그냥 곧바로 걸어가기
도 하고 심심하면 뜀박질하기도 하고. 껑충껑충 뛰어도 말
랑말랑 바닷물이 그대를 곱게 모신다. 물속이 어떻게 생겼
을까. 속살이 궁금해도 그대는 훌훌 날아가듯 물 위를 흘
러가네. 그대 언어들. 찌꺼기를 모두 털어 내고 바다 위로
모여 춤을 춘다. 과거에 얽매임이 없이 바람 부는 대로 모

여드는 언어들. 춤을 춰라. 바다 밑 짙푸른 물속 無明을 벌써 잊은 춤. 본디부터 인과를 모르는 춤. 생각을 생각하지 않는 생각 그 자체가 없는. 있음은 그래도 느낌일까. 언어보다 앞선 있음의 느낌들을 찾아 헤매는 언어들. 파도 머리의 흰 거품을 붙잡아 볼까. 삼켜 볼까. 깊숙이 잠수해 볼까. 햇빛이 비치다가 구름이 가리고. 그때마다 얼굴빛을 달리하는 물바다. 물이 그대를 꿀꺽 흡입하는 바다. 바다를 딛고 언어들이 춤사위를 보인다. 언어야. 춤을 춰라. 물에 젖는 거추장스런 옷가질랑 훌떡 벗어던지고 알몸으로 춤을 춰라. 물에 빠질 수 없는 알몸 소금쟁이 언어야. 물한 방울 묻히지 않으면서 물의 세계를 노니는 벌거숭이 그대, 붉은빛 살결에 걸리적거리는 생각일랑 모두 사라지고 오로지 펄떡이는 느낌의 짜임새만 흐르려니. 네 원초의 몸뚱이로 빛을 받아 혼신을 다해서 춤을 추어라.

3.

참았던 느낌이, 숨었던 느낌이, 억눌렸던 느낌이, 바보처럼 말을 하지 못했던 느낌이, 모습을 보이지 않아 붙잡을 수 없었던 느낌이, 억조창생의 뼛속 깊이 잠겨 있던 느

껌이 화산이 폭발하듯 굉음을 내며 솟구치자 하늘이 미쳤
다. 푸름을 잃어버리고 검은 회색 구름들이 날뛴다. 돌았
어. 미쳤어. 혼쭐이 나갔어. 광기에 온몸을 부르르 떨고 있
어. 미친 하늘에 이끌려 소용돌이치며 올라가던 구름 떼
들이 검도록 깊은 무거움을 감당하지 못하고 수직 낙하할
때, 쏟아지는 외침들. 산산이 갈래갈래 찢기고 나뉘어 떨
어지는 저 구름방울들. 거대한 빗줄기로 대지 위로 꽂아
대는 저 언어의 뭉치들. 덩어리들. 느낌들. 휘몰아 때리는
폭풍우. 새까맣고 시커멓게 횡으로 불어 대는 바람 떼. 바
람 뭉치. 그 속에 가득 잠겨 몰아치는 빗줄기. 떼거리 언어
가 세상을 적신다. 언어의 홍수를 일으킨다. 돛대는 깨어
지고 돛은 갈기갈기 찢겨 흩날려 버린 조그만 배. 물난리.
바람 난리. 미친 언어의 바다를 그대는 노도 없이, 쪽배로
저어 간다. 배가 지나간 자리에 남은 언어의 궤적들. 상처
난 얼굴들. 흐르는 붉은 피의 괴로움. 흐름의 발자국을 기
록하라. 느낌의 폭풍우 속에서 춤을 춰라. 산산이 부서지
듯 몸짓거리를 춰라. 춤사위는 흥건히 젖은 그대의 느낌
이려니. 느낌의 춤들이 언어의 바다를 횡단한다. 춤을 붙
잡아라. 눈 속에 담아 온몸으로 써 내려가라.

4.

 바다는 몸. 몸. 몸. 그냥 그 자체. 것. 것. 것. 덩어리. 뭉치. 있음이되 맺음. 매듭. 무한 공간에 단단히 맺힌 결정들. 겉으로는 하루에도 수만 번 얼굴색을 바꾸는 카멜레온. 잔잔한 물결에 고요한 바다를 누군가 진여라고 부르는데. 폭풍우 몰아치며 파도로 깨어지는 바다. 그 미친 상태는 생멸의 무명일까. 진여와 생멸은 하나라는데. 바다가 그 모두를 품고 있다는데. 미친 비바람이 거칠게 휘몰아치는 태풍의 바다. 태풍은 한가운데 눈을 동그랗게 뜨고 꼼짝도 않고 가만히 있는데. 주위를 맴도는 것. 것. 것들이 제풀에 미쳐 날뛰며 휘감는다. 태풍 눈이 거느리는 저 떼거리들. 주위를 떠도는 구름들을 붙잡아 아래로 처박는다. 쏟아지는 폭풍우. 바닷물을 뒤엎어 거센 파도를 일으킨다. 하늘로 치달아 솟구치는 파도. 스스로 미쳤음을 달래지 못하고 윗머리부터 부서져 내리는 파도. 파도 머리. 하얗게 물거품을 뿜어내는 파도 머리. 돌아 버리면 하얗게 돼. 파도 머리는 무수한 언어의 끄나풀들을 흩뿌린다. 하얗게. 새하얗게 방울방울. 흰 방울들이 다시 맺히면 그냥 바닷물이 되는 것을. 아무것도 아닌데. 언어들은 본디 무엇이지도 않았던 것인데. 고요한 바다에서 생겨난 언어들. 파도가 된 언어들. 하얗게 부서지는 파도 머리는 아픔에 고통스러울까. 언어는 본디 그렇게 아픈 것일까. 언어의 폭풍 속에 미동도 하지 않는 눈. 눈. 눈. 태풍 눈은 언제나 그렇게 언어의 아픈 춤을 쳐다보고 있을까. 무명의 파도. 날뛰는 생멸의 파도는 진여의 세계로부터 버림받은 것일까. 바다는 본디 하나인데. 진여와 생멸은 본디 하나의 마음이라는데. 어제의 바다. 내일의 잔잔한 바다는 진여를 품고 있으면서도 시치미를 떼나 보다. 아무것도 몰라. 정말 몰라. 언어를 떠난 바다. 아무것도 모르는 바다. 앎과 모름을 애초부터 모르는 바다. 바다를 흐르며 부서지고 깨어지는 언어. 무심함에 미쳐 날뛰다가 다쳐 피를 흘리며 고통스러워하는 언어. 윤회에 갇혀 낳고 사라지고 낳고 사라지고. 말의 세계를 상상도 해 보지 않은 바다. 이런 이야기들조차 전혀 아무런 끄나풀도 보이지 않는 바다. 언어여. 그 바다를 딛고 서서 춤을 치대듯 아득한 시공간에서 너의 있음을 쳐라. 너 자신을 부숴라. 무언의. 무의미의. 무조차 무인 그런 춤을 춰라. 온몸을 쳐라. 치대라. 추어라.

5.

어둠에서 화산이 온몸을 찢으며 터져 나온다. 옛 봉우리를 날려 보내고 움푹 스스로의 몸을 파고드는 내침의 폭발. 내쳐라. 모든 것을 떨구어라. 어둠을 갉아먹는 붉은빛. 붉다 못해, 뜨겁다 못해 샛노랗게 달아오른 불덩이. 덩이 덩이 불덩이를 삼키며 다시 내뱉는 아가리. 땅 밑 아득히 멀리서 터져 솟아올라 활짝 벌린 아가리. 눌리면 눌릴수록 무겁게 짓눌릴수록 더 강하게 입을 벌리며 폭발하는 아가리. 붙잡아라. 깨물어라. 찢어라. 갈기갈기 짓부숴라. 내쳐라. 하늘의 문에서 버림받은 지옥의 문. 외쳐라. 붉은 자궁에서 태어나는 언어야. 너는 인간의 자식으로 낙인찍혔어. 억눌렸던, 표현해 보지 못했던, 바보처럼 냉가슴만 앓았던 너를, 너 온 몸뚱이를 발기발기 갈라 뜨겁게 뱉어라. 활활 타올라라. 언어가 태어나기 전, 그 뜨거움은 그냥 느낌으로 꿈쩍거렸을 뿐. 이제 소리를 쳐라. 율파를 울려라. 큰소리로 외치며 떠들고 폭발하라. 어둠을 하얗게 갈라라. 부숴라. 파괴하라. 너의 지금-있음을 입증하라. 기록하라. 부르짖어야 돼. 더 큰 목소리로 목청이 파열되도록 외쳐라. 어둠 속 불꽃은 한없이 타오르는 너의 욕망. 너의 온몸. 너의 지금 이 순간의 있음. 언어로 기록하라. 뜨겁게 적어 내려가라. 붉다 못해 싯누런 용암은 언어가 넘쳐 흘러가는 것. 아래로 구불구불 꾸물꾸물 서두르지 말고 만년을 흘러라. 대지를 덮어라. 모든 것을 불태우며 시꺼먼 연기를 토하라. 어둠 속에 칠흑의 내음을 얹어라. 네가 토해 내는 언어의 비늘들이 온 세상을 덮으려니. 화산재가 휘날리며 만물을 휘덮으려니. 율파의 흐름이, 파동이, 울렁거림이, 하늘과 땅을, 우주를 꿰뚫으며 시간을 쫓으려니. 그 속에서 아래로 아래로 아래로 한없이 파고들며 흐르는 붉은 용암은 언어의 기록이려니. 외치고 기록하라. 지쳐서 기운을 다하고 검은 돌덩이가 되어도, 언어가 매듭지어 묶이고 엮이고 합쳐서, 언어 그대의 있음을 있게 하는 기록이려니. 언어야. 춤을 추어라. 손짓 발짓 온몸으로 치대며 춤사위를 태워라. 불덩이로 시꺼먼 연기로 온 우주를 뒤덮으며 춤을 춰라. 너를 발가벗기고 쳐대라.

6.

　　알갱이 모래알. 태고의 불덩이가 식어 가며 생겨난 거

84

대한 바위. 바위가 갈라지고 무너지고 부서져 내리며 수십억 년 모이고 흩어지다 끝내 조그맣게 살아남은 모래알. 죽었다 살아나기를 수없이 되풀이한 알갱이 모래알. 바람과 물에, 빛과 어둠에 쓸려서, 깨지고 깎이고, 까이고 벗겨지고, 쓸리고 닦이고, 갈아지는 흐름의 아픔. 극에 달해 아픔이 무엇인지도 몰라. 까막눈이 모래. 낱알. 낱. 낱개. 낱들이 모여 만들어 내는 모래언덕. 모래 산. 모래사장. 알갱이 하나. 모래 한 낱은 낱말. 웅얼웅얼 소리를 만들어 내는 낱들. 부비지면서 태어나는 놈들. 태초에 부서질 때, 분말이 되어 버린 놈들은 바람에, 물에 씻겨 사라지고, 오로지 굴러가며 버틴 우리 알갱이들만 그 모습을 유지한 터. 알갱이 모래들이 모여 거대한 모래언덕을 이루고 산을 쌓았어. 우리들 언어의 발이 푹푹 빠지도록 수억, 수조, 수경의, 아니 너희 언어의 숫자놀이로는 다가설 수 없는 그런 떼거리, 모래 알갱이들이 집합을 이룬 모래의 나라. 모래의 우주. 바닷속 깊숙이 돌들이 파도에 깨어지고 산산이 흩어져 알갱이만 남아 해안으로 밀려나 모래의 세계를 빚어낸 사이-사이. 바다와 대지가 엉켜드는 곳. 흰 모래의 나라. 부서질 때마다, 깨어질 때마다, 씻길 때마다, 떠밀려 모래 더미를 만들고 휘어진 산등성이 허리를 이룰 때마다,

살점이 떨어져 뼈만 남아 아픈 고통을 참으며 기다렸던 노래. 그대여 한 움큼 모래를 손에 쥐고 무한 공간으로 던져라. 흩어지리니. 소리를 내려니. 떠들썩하게 율파를 만들어 그대의 눈을 붙잡으려니. 언어여. 노래를 하라. 그대는 우리를 헤아릴 수 있을까. 셀 수 없을 만큼, 우주의 별보다 더 많은 모래 알갱이들의 낯을 구분할 수 있을까. 문턱에 쪼그리고 앉은 언어여. 부끄러워 말지니 노래하라. 조금이라도 건드려 보아라. 언어의 노래는 본디 그림자도 잡지 못하려니. 그럴망정 그래도 소리를 내어 노래함은 우리의 기쁨이려니. 언어여. 목청을 높여 노래하라. 모래알 몇 개라도 껴안고 입술을 열어 너희의 노래로 불러 보라. 온몸으로 손짓 발짓 멋대로 세상을 휘저으며 춤을 추며 노래하라. 세월이 흐르고 흘러 언어노래들이 쌓여 노래언덕이 생기리니 그 언덕에 구르고 뛰어놀아라. 언어여, 노래를 하며 춤을 춰라.

7.

밤의 창문을 열어라. 어쭙잖게 조그만 빛을 발하던 태양이 부끄러워 몸을 숨긴 칠흑의 밤에 가슴을 열어 하늘을 쳐다보라. 그대가 지금-있음으로 살아 있는 지구. 태양이 거느린 태양계. 이들이 살던 은하. 갤럭시. 그 하나의 은하에 수천억 개의 별들이 숨을 쉬고 있는데, 그대 한 몸뚱이는 어디에 발을 붙이고 있는가. 밤하늘을 가로지르는 저 불빛들. 수천억 개의 은하. 은하마다 다시 수천억 개의 별들. 별들의 구름. 성운이 아득히 흘러가는데, 그대는 왜 어디서 어떻게 무엇을 숨 쉬고 있는가. 헤아릴 수 없는 숨소리들이, 헤아릴 수 없는 아득히 저 멀리 거리에서 살아가는데, 그 끝은 어디일까. 끝이라는 언어를 운위하지 말라. 불쌍한 언어여. 우주의 가장자리를 그저 상상으로만, 단어로만 끼적거릴 수밖에 없는 너의 처지가 가련하려니. 울음을 터뜨려라. 그게 차라리 의미가 있으려니. 그대 주위의 조그만 미물들이 듣고 보고 느끼며 함께 울음을 울려니. 그래도 너는 행복하구나. 무한의 우주를 바보처럼 너의 말 몇 마디로 정해서 너의 품에 담으니 너의 가슴은 한껏 열려 무한으로 뜨겁겠구나. 바보 언어여, 춤을 춰라. 너의 몸짓이 모래알보다 작은 것이라고 해도, 몸짓이 수억 개 수억 번 한없이 되풀이되어 쌓여 가려니. 모래 더미가 되고 율파가 되어 우주의 흐름에 동참하려니. 우주 바다에 던져진 너의 언어 알갱이 하나가 쪽배로 노를 저어 가

려니. 끝을 몰라도 끝을 생각하며 끝을 향해 끈질기게 영
원히 다가가려니. 너의 궤적을 따라 다른 쪽배들도 조그
만 돛을 달고 쫓아오려니. 모이고 모여 거대한 선단을 이
루어 우주를 항해하려니. 언어여. 기록하라. 노력해서 남
겨라. 너의 지금-있음의 의미를.

8.

낯. 낯을 헤아린다. 낯이 낯일 때 그것은 언어. 낯을 하
나하나 셈한다. 낯들은 모두 낯개. 낯개 하나씩 손가락으
로 헤아린다. 하나도 빠뜨림이 없이 낯낯이 낯알 하나라
도 집어 확인한다. 너는 낯. 나도 낯. 저것도 낯. 이것도
낯. 언어로 불리는 만물이 낯인데 낯개들이 활개 치며 우
리의 눈과 귀를 사로잡는다. 낯으로 있음, 낯있음을 사랑
하라. 낯 것들을 아끼고 존중하라. 낯 것이 아닌 것이 없으
니. 너를 살려 주고 있는 그 모든 것들이 낯 것이려니. 낯
마다 있음인데, 지금-있음으로 숨을 쉬고 냄새를 피우고
얼굴에 빛을 얹고 있으려니. 그 낯 것들이 모두 지금-말
씀이려니. 그들이 말을 하고 있으려니. 이 세상, 이 하늘,
이 우주를 감싸고 있는 것은 바로 낯. 낯. 낯들의 빛이려

니. 낱들이 줄지어 이루어 내는 말씀의 광휘이려니. 낱이 지금-있음이요, 모든 있음은 생명을 숨 쉬는 생명체이려니. 모든 생명체는 이 낱생명의 무리들이려니. 언어들의 떼거리이려니. 오늘도 그대는 모래알 하나의 낱생명을 부여잡고 가슴을 할딱인다. 한 마디, 한 마디. 낱 마디. 낱으로 숨 쉬는 낱알 한 마디. 그대는 바닷가 모래언덕을 거닐 때, 발을 옮길 때마다 사각거리는 저 낱있음의 떨림을, 낱소리의 외침을 듣는다. 귀를 기울여라. 그대의 낱 가슴을 활짝 열어라. 낱 모래알들이 깊숙이 담고 있는 태초의 거대한 물결과 파도의 외침이 보이지 않는 불빛으로 폭발하고 있을 터. 낱알마다, 모래 알갱이 낱개마다, 낱낱이 서로 다른 소리를 내지르고 있으려니. 귀를 수천 개 더 만들어 들어도 다 들을 수 없는 낱소리들이, 낱생명들이 굉음으로 우주를 울리고 있으려니. 그대는 오늘도 이 순간에 낱 알갱이 하나의 뜨거움에 가슴을 데이면서, 파도가 흰 거품으로 깨어지며 모래땅을 두드리는 바닷가를 낱 발로 낱 발자국을 남기며 낱 낱 낱의 순간을 걸어간다. 언어여. 노래를 하라. 춤을 추는 낱들에 휘감겨 은하수를 이루는 낱들의 지금-있음을 기록하라. 새롭게 모래언덕을 쌓아라.

9.

인간. 사람과 사람 사이. 그 길목에 들어서 골목 안에, 사이-사이에 사람이 있다. 사람들 곁두리에, 가장자리에, 한가운데에, 끄트머리 멀리에도 사람이 있다. 사람은 사람이 있어 사람이다. 사람은 사람이 있을 때 사람이다. 사람만이 사람을 사람이라고 부른다. 손을 내밀어 사이를 뛰어넘는다. 손짓으로 발짓으로. 얼굴을 이리저리 바꾸며 다가선다. 사이에 파동이 흐른다. 느낌이 흐른다. 흐름이 신천지를 창조한다. 말이 태어난다. 말을 건넨다. 말이 사이를 건너간다. 언어가 있어 사람이다. 인간. 사람과 사람 사이. 그 틈은 무한하면서도 붙어 있는 사이. 그 사이를 언어의 강이 흐른다. 언어의 샘물들이, 시내가, 개울이 함께 몰려들어 만들어 내는 강물. 그 강물 위를 사람들의 무수한 돛단배가 오르락내리락 움직인다. 물 위의 소금쟁이. 사람들이 강물 위에서 마음껏 뛰놀고 있다. 돛의 색깔과 모양은 천태만별. 모두 낱개의 얼굴이다. 돛단배를 저어라. 대양으로 나아가라. 언어의 세계는 무한한 바다이려니. 무지개 빛깔. 빨강, 주황, 노랑, 초록, 파랑, 남색, 보라. 태양의 빛이 인간 사이로, 사람과 사람 사이의 프리즘을 통해 스펙트럼을 펼친다. 스펙트럼은 살빛으로 가득 찬 바다. 생명의 비린내가 물씬 풍기는 바다. 빛을 뿜는 프리즘은 언어를 잉태하는 어머니. 언어를 아프게 낳는 프리즘을 통해 우주가 읽히고 이 세상 만물이 춤을 춘다. 언어여. 춤을 춰라. 사람들 사이에 흐르는 빛을 관통시켜 무지개색을 펼쳐라. 춤사위마다, 시김새마다, 추임새마다 언어의 빛깔들이, 색깔들이, 때깔들이 사람 사이를 휘감고 넘어서 온갖 우주의 생명체에 숨빛을 입히려니, 색동옷으로 단장시키려니. 그들이 언어의 빛과 색에 숨이 차서 쌔근거리며 사람들 사이, 사람들 눈꺼풀 안으로 다시 들어오려니. 북채를 두들기는 맥놀이가 이 세상을 뒤덮으려니. 떼거리 구경꾼들이 스스로 절로 주인공이 되어, 인간의 탈을 쓴 인간들이, 사람과 사람 사이에 놀고 있는 사람들이 손을 벌리고 입을 벌려 그 있음을 외치리니. 사이-사이 있음이여. 사이-사이에서 숨 쉬며 살아감이여. 언어여. 춤사위를 기록하라. 그 빛나는 있음의 외침을.

10.

사랑은 있음. 그냥 있음. 본디부터 있음으로의 사랑. 있음은 오로지 사랑으로 흐르고 흘러 있음을 확인하나니. 있음이 모여 다른 있음을 부비고 사귀며, 있음-있음이 합하여 사랑의 열락을 이루어 또 다른 있음을 창출하나니. 있음이 배 속 깊이 날개의 있음을 배어 빛이 비추는 이 세상에 또 하나의 날개로 토해 내는 것이려니. 잉태의 순간은 사랑이 넘쳐흐르네. 있음은 사람보다 먼저 아득한 옛날부터 버텨 오는 있음이려니. 말보다 먼저. 느낌조차 뒤에 생긴 것. 생명의 움직임이 빛을 받아 신명이 나네. 있음이 모든 것보다 먼저 앞에 절로 그러하게. 있음이 스스로 잉태되어, 있음으로 그 얼굴을 보여 주었음이려니. 있음이 빛을 받아 어둠 속에서 숨 쉬며, 움직이며, 흐르며 낳고 낳는 느낌. 느낌들이 뛰어놀아 세계를 엮고 짜고 생기게 하고. 생김새를 지닌 우주 만물이 보여 주는 짜임새. 생김새와 짜임새가 모양새를 지어내고. 있음의 출렁거리는 물줄기에서 느낌이 손을 내밀어 다른 느낌의 손을 붙잡아 또 다른 느낌을 불러내고. 느낌들이 연이어 줄을 이루어 생김새를 낳고, 생김새 것들이 강물처럼 짜임새 있게 흐르며 모양새를 보여 주고. 그 강물에 손을 담그거나 발을 적셔라. 느낌이여. 느낌을 불러라. 느낌을 마셔라. 언어가 생기기 전에 태고의 일들이려니. 어느 느낌이 출산한 날, 날, 날알.

그 낱있음들 사이에서 어느 낱있음이 사람이려니. 그 낱 사람들이 모여 자기들의 할배 할매 느낌을 사랑이라고 부르더라. 사람은 느낌이 낳은 느낌의 살덩이. 그 느낌의 불덩어리가 사람이려니. 그 타오르는 불꽃을 언어로 짜임새 있게 떠들어 대려니. 사람들 사이-사이를 넘어 인간 세상에서 뜨거움을 전하는 손길이려니. 이제 모든 불빛을 사랑으로 생각하려니. 우주에, 천지 만물에 번쩍이는 불빛은 모두 생명이려니. 사랑이려니. 사랑이여, 그대가 본디부터 지녀 온 느낌의 노래를 불러라. 사랑의 언어로 넘쳐나는 뜨거움을 불러 보라. 있음은 사랑. 사랑은 있음. 있음으로 충만한 이 세상. 이 우주. 있음의 떼거리 속에 묻혀 숨을 쉬는 그대 외톨이 있음이여. 있음의 힘을 느껴 보라. 그 느낌. 원초의 힘. 에너지. 강한 박동. 사랑이 그대를 움직이네. 주위에 널려 있는 느낌들의 사랑과 맞물리어 증폭되며 사랑이 우주로 빛을 뿜네. 빛의 흐름은 율파. 율동. 그대여 사랑의 노래를 불러라. 언어로 사랑의 있음을 기록하라. 언어로 춤을 춰라. 춤사위마다 사랑의 언어가 너풀거리려니. 언어는 있음의 사랑이려니.

소리

붙들까 소리를. 으깰까 소리를. 부술까 소리를. 깨트릴
까 소리를. 박살 낼까 소리를. 비빌까. 반죽을 할까. 되돌
릴까. 계속할까. 유지할까. 잊을까. 기억할까. 멈출까. 섞
을까. 떼어 낼까.

웃는다 소리가. 깔깔대며 배꼽을 쥐어 잡으며 떼굴떼굴
구르며 웃는다. 눈물이 맺힐 만큼 웃어 댄다. 웃음이 터지
는 소리에 우주가 폭발한다. 소리가 벌떡 일어나 갑자기
울음을 운다. 서럽게 운다. 통곡을 한다. 어깨를 들썩이며
흐느낀다. 눈물이 강물을 이루고 바다를 메운다.

눈앞 세상이, 하늘과 땅이 그리고 바다가, 지구가, 우주
가 소리 알갱이로 충만하다. 당신은 그 알갱이 하나하나를
볼 수가 없다. 들리느니 알갱이. 고막을 울리는 알갱이. 알
갱이들이 더 잘게 부서진다. 미립자 소리들. 세상이 알갱
이 덩이다. 덩이덩이 소리들. 그대는 덩이를 움켜쥘 수 있
을까. 어떻게 생겼을까. 가슴에 삼키면 들릴까.

우주가 온통 소리라는데 주파수만 맞히면 언제나 소리
가 꽝꽝 울리는데. 왜 우리 눈에 소리가 보이지 않을까. 바

보 멍청이 같으니. 히히. 그게 모두 보이면 당신은 아무것도 볼 수 없지. 당신 망막은 오로지 소리들로만 덮일 거야.

그대는 날마다 소리 세계, 소리 우주를 걸어간다. 소리가 부딪히고 부서지고 깨어지고 흩어지고 모아지고 송곳이 되고 칼이 되고 부드러운 반죽이 되어 그대를 뒤덮는다. 바닷물을 헤치고 헤엄치는 물고기 한 마리처럼 그대는 소리 바다에 살면서 소리를 먹고 산다.

오늘도 소리를 붙든다. 소리를 으깬다. 소리를 부순다. 소리를 되돌린다. 소리를 유지한다. 소리를 잊는다. 소리를 기억한다. 그래도 떼어 내야지. 당신 가슴에서 당신 귀에서 당신 몸에서 떨어내야지. 차라리 당신이 소리가 된다. 소리가 되어 시간을 흐르며 울린다. 죽어서도 소리로 남겠지. 육신이 보이지 않아도 소리 없는 소리가 들리겠지. 소리가 되어라. 그대여. 영원히 소리로 웃고 울어라.

이야기

태초에 이야기가 태어난다. 흘러가 벌써 사라진 이야기를 생각한다. 이야기들이 머리에 떠오른다. 이야기가 기억이 난다. 흐름 속에 새로이 얼굴을 비추는 이야기를 바라본다. 이야기를 떠드는 사람들. 수다쟁이들. 이야기들이 수다 속에서 줄을 지어 선다. 어떤 차례로 이야기들을 나눌까. 이야기는 혼자 하기도 하고, 여럿이 나눠 지껄이기도 한다. 이야기를 만든다. 이야기가 생겨난다. 이야기는 앞뒤를 분간하며 줄거리를 만든다. 이야깃거리가 세상에 넘쳐난다. 모두 사람들이 만들어 낸 이야깃거리들. 우주 만물이 이야기 속으로 들어가 호흡을 한다. 스토리가 줄처럼 이어지는 이야기들. 너도나도 그들도 우리도 만들어 내는 이야기들. 우리가 이야기의 주인공이 되기도 한다. 그들은 얼른 다가와 이야기 속에 들어가 이야기가 된다. 당신은 언제나 이야기를 한다. 내 앞에서 더욱 그렇다. 이야기가 너와 나를 붙들어 맨다. 우리는 함께 이야기 호흡을 한다.

이야기가 흘러간다. 아주 까마득히 먼 옛날부터 이야기들이 흘러왔다. 빙산이 된 이야기들도 있다. 우주 속에 숨어든 이야기가 갑자기 날을 세워 나타나서 소리를 내기도 한다. 당신은 이야기를 붙들려 하지 않는다. 이야기는 스스로 제 발로 찾아온다. 이야기를 받아들이기만 하면 된다. 이야기는 언제나 혼자가 아니다. 이야기가 나타나면 너의 모습과 내 귀는 함께 손을 잡고 눈을 마주치며 걷는다. 이야기는 사람들을 끌어모은다. 둥그렇게 사람들이 둘러앉아 이야기를 쳐다보며 집중한다. 이야기는 그런 사람들의 눈길이 마냥 즐겁다. 이야기는 멈출 수가 없다. 이야기가 흐른다. 인류가 태어나 지금껏 흐르듯이 이야기도 먼고리짝 옛날부터 흘러온다. 그것의 숨결이 사람들의 가슴마다 맺혀 있다.

이야기를 하게 되면 말들이 나타나 모여든다. 말이 말을 부른다. 이 말, 저 말, 저기 말, 아득히 떠오르는 말, 눈깜짝할 사이에 얼굴을 드러내며 소리 지르는 말. 말들이 시끄럽다. 말들이 이야기를 만든다. 이야기는 말들을 모아 새로운 모습을 보인다. 말들이 떼거리로 모여 여러 개의 이야기를 만들어 꾸며 낸다. 이야기는 아무런 거부감없이 말들을 받아들인다. 이야기들이 여기저기 나타난다. 이 말 떼는 이 이야기. 저 말 떼는 저 이야기. 말들과 이야기들이 서로 손을 잡고 왁자지껄 소리를 지껄이며 아우성들이다. 이야기들은 영화가 되어 사람들을 불러 모은다. 사람들은 또 새로운 말들을 떠들어 댄다. 그 말들이 또 다른 이야기들을 만들어 낸다. 사람들이 붙어 간다. 그 사람들이 세상을 만든다. 우주가 만들어지기도 한다. 이야기가 세상이고 우주이며 세월이다.

이야기를 하고 싶다. 그대는 나이 들어 홀로 되었다. 가는귀도 먹었고 눈은 어슴푸레하다. 몸이 제대로 말을 듣지 않는다. 그래도 이야기는 언제나 친절하게 나를 반긴다. 이야기와 나는 우리가 된다. 우리는 지금껏 우여곡절을 많이 겪어 왔다. 그럴수록 이야기는 몸집이 불었다. 거대한 우주 산맥이 되었다. 깊은 협곡에는 강물도 흐른다. 이야기는 마냥 제멋대로 모습을 바꾸며 다가선다. 멍한 일상에서 이야기가 이야기해 주는 이야기들이 내 숨을 버티게 해 준다. 이야기가 나를 이끌어 가고 있다.

이야기가 꽃을 피운다. 울긋불긋 총천연색이다. 꽃들이 화사하다. 봉오리가 터질 때는 아프기도 했다. 아픔이 거름이 되어 꽃잎은 크게 벌어지며 수많은 웃음을 얼굴에 띄웠다. 그 꽃들이 시들어 떨어질 때는 말이 전혀 없었다.

그래도 이야기는 굴러떨어지면서도 흔적을 남긴다. 이야기꽃들은 그늘을 가슴에 담아 숨긴다. 오늘도 나는 그 이야기의 꽃 그림자를 꺼내 현재를 흘러가게 한다. 이야기의 그림자들이 눈앞에서 흐른다. 멈춤이 없다. 아마도 그꽃 이야기는 나를 삼킬 것이다. 나를 담아서 꽃 그림자가되어 때가 되면, 우연히 어떤 곳에 머무르게 되면 이야기로 얼굴을 드러내며 이야기를 할 것이다. 이야기는 언제나 이야기로 남는다. 이야기는 영원한 삶을 실현한다. 이야기 속으로 들어가면 숨결이 느껴진다. 나는 오늘도 이야기 속으로 빠져든다. 홀로.

걷다

걷는다. 걷고 있다. 걸음을 걷는다. 걸음이 걷는다. 걷는다가 걷는다. 발을 옮긴다. 발이 옮겨진다. 이곳에서 저곳으로 옮아간다. 이동한다. 움직인다. 변하고 있다. 흐른다. 흘러간다. 내가 걷는다. 당신도 걷는다. 그들도 걸음을 옮긴다. 한곳에서 제자리로 걷는 것은 하나도 없이 모두 걸어간다. 간다. 간다 다음에 또 간다. 걸어서 간다. 천천히 발을 옮겨서 간다.

태어나서 걸음마를 배웠다. 두 발로 일어선다. 한 발이 아니라 두 발이다. 발가락이 열 개다. 꼼지락거리며 두 발을 곧추세운다. 하늘 아래 직립이다. 허리를 곧추세운다. 걷는다. 기어가다가 일어나 걷는다. 발이 걷는다. 두 발이 걸어간다. 파도가 걷고 바다가 걷는다. 만물이 걷는다. 생명의 숨소리들이 걷는다. 지구가 걷고 하늘도 걷는다. 은하수가 걸어간다. 은하수를 품은 은하단이 걷는다. 은하단을 거느린 우주가 걸음을 옮긴다.

어디로 가는지 아무도 모른다. 왜 걷는지도 알지 못한다. 어떻게 걸어가는지도 생각을 하지 않는다.

어젯밤에는 꿈이 걸어갔다. 무서운 꿈에 시달리며 시간이 걸었다. 시간을 움켜쥐며 눈물이 걸음 자국을 남겼다. 젖어 든 마음이 베개를 끌어안으며 걸음을 옮겼다. 깨어난 아침에 빛이 걸어왔다. 그냥 지나치며 걸어갔다. 왔다가 갔다. 어둠과 빛이 모두 걷는다. 걸음은 흔적도 남기지 않는다. 그래도 걷는다. 또 걸어간다.

걷는다. 걸음이 걷는다. 걸음이 걸음을 하고 있다. 걸음아 날 살려라 외쳐 대지만 아무도 듣지 않는다. 검은 우주는 소리 없이 형체 없이 걷는다. 걸음에 언어를 얹힌다. 걸음은 그냥 꿀꺽 삼키며 말이 없다. 걸음이 모여 블랙홀이 된다. 블랙홀이 걷는다. 빛 덩어리조차 블랙홀로 걸어가며 사라진다.

걸음을 멈추고 싶다. 걷지 않고도 살고 싶다. 멈출까. 정지할 수 있을까. 호흡을 걷지 않게 할 수 있을까. 그대 의식을 멈추게 하라. 의식에서 발을 떼어 내 걸을 수 없게 하라. 걷지 못하게 하라. 의식의 흐름이 정지한다면 걸음이 끝날까. 죽음도 걸음인데, 죽음을 품은 우주도 걷는데, 그대여 어떻게 걷지 않을 수 있을까.

오늘도 걷는다.
순간이 걷는다.
영원이 걷는다.

끄트머리

끄트머리. 위로 올라가는 계단에 끝자리. 아래로 내려가는 계단에도 끝이 가물거린다.

끄트머리는 가냘프게 흩날리며 보일 듯 말 듯, 매듭으로 맺어진 끝머리. 두렵고 무서운 매듭. 늙은이는 끄트머리에 대롱대롱 매달려 하루하루를 살고 있다.

엉덩이에는 꼬리가 달렸던 흔적이 있다. 꼬랑지. 꼴찌가 두려워 잘라 버렸을까. 그게 삶의 꼬투리, 끄트머리였을까. 괜스레 잘라 냈을까.

좌우 양쪽 끄트머리. 위아래 마지막 끄트머리. 놈들을 둥글게 감아 들면 끄트머리가 사라진다. 살아생전에 걷는 길의 끄트머리. 태어날 때와 죽을 때를 이어서 둥글게 연결하면 영생할 수 있을까. 아니 쳇바퀴 도는 삶이 될까.

끄트머리는 夷, 希, 微. 끄트머리의 알맹이는 逸. 그런 끄트머리라도 붙잡고 있으면 편안하고 살 것 같다. ㅎㅎㅎ 웃음의 끄트머리는 울음이다 ㅠㅠㅠ.

끄트머리는 멀다. 아득하다. 까마득하다. 끄트머리는 작고 가늘어서 붙들기가 어렵다. 여러 갈래 끄트머리를 한데 묶을 수 없을까. 무수한 줄을 엮고 꽈서 묶은 밧줄처럼.

사람 눈에 몸을 숨긴 유전자들. 비비 꼬인 녀석들의 끄트머리에 늙은 주름들. 시들어 가고 있다. 제대로 숨을 쉬지 못하는 유전자의 끄트머리. 죽어 가는 끄트머리. 놈들이 스스로 만들어 낸 목숨까지 몽땅 앗아 가려 한다. 그건 아니지. 정말 아냐. 아직 힘이 남아 살아 있을 때 늙어 버린 모든 끄트머리를 끊어 버려라. 여태껏 끄트머리에 매달려 살았다. 바보처럼. 끄트머리를 탁 끊어 내라.

삶에서 실마리를 찾아라. 실타래에서 첫머리를 잡아야 꿰맬 수 있듯이. 神明 나게 살아라. 실마리나 끄트머리를 잊어라 모두. 땀 흘리며 춤을 추고 노래하라. 빨강, 파랑, 노랑을 합쳐 흰빛으로 삶을 비추라. 모든 것을 잊고 살아나라. 순간이 영원하다.

우주를 움켜쥐다

백만 년 전일까. 십만 년. 만 년 전. 나는 어떤 가능성으로 존재하고 있었을까. 태양이 빌붙은 은하계를 관통하려면 빛의 속도로도 십만 년이 걸린다는데, 십억 광년, 아니 130억 광년 멀리 떨어진 은하는 지금 어떻게 되어 있을까. 성단 하나가 수천억 개도 넘는 은하들을 품었다는데, 그 성단들이 수천억 개라니. 바닷가 모래알 숫자보다, 지구 전체 숲의 나무 이파리들 숫자보다 더 많은 성운과 은하들. 도대체 별은 얼마나 많을까.

우주에서 자그마한 우리 은하, 거기서도 잘 보이지 않는 태양계. 그 속에서 그나마 살아서 쉬지 않고 달리는 우리 지구. 그 한구석에서 숨을 쉬는 나. ㅎㅎㅎ 그렇다면 나는 얼마나 작은 것일까. 이 땅에는 나보다 작은 미물들이 가득인데. 숫자가 의미 없을 만큼 엄청나게 많은 생물들이 사는데.

이 땅에, 이 하늘에, 이 바다에 우리 눈으로 보이지 않는 무수한 실체들. 바이러스와 박테리아. 세균들. 공기 속 먼지들. 자외선이나 감마선과 같은 방사선들. 그 입자들. 돌을 잘게 깨부수고 한없이 작게 만들어도 사라지지 않는

분자들의 얼굴. 그 얼굴을 이루어 내는 원소들. 그 입자들과 우주의 거대한 은하는 어떻게 연결되고 있을까.

지구 나이가 45억 년. 몰라, 몰라. 사람들이 그렇다고 한다. 나는 백 년도 살지 못하는데. 지금껏 얼마나 많은 사람들이 살다가 사라졌을까. 삼십 만 년 전에 호모 사피엔스가 나타났다고? 그전에는? 수만 년 전부터 차돌을 깨서 갈아 마제석기를 만들고. 뼈를 갉아 내 뾰족한 칼과 화살을 사용하고. 지금은 비행기를 타고, 로켓은 달나라를 여행하고.

변치 않는 것은 인간은 죽어야 한다는 거. 한 인간의 죽음은 휙 지나가는 빛방울보다 작고, 또 짧은 한순간인데, 헤아릴 수 있을까, 지금까지 이 땅에 몇 명이나 살다가 떠났는지. 나도 그중의 하나일 텐데. 숫자가 무슨 의미가 있을까. 모래알들은 세월이 멀리 흐르면 뭉치고 굳어져 바위가 된다는데, 사람들은, 나는, 죽어서 무엇이 될까. 어떤 모습으로 보일까.

2022년. 예수 그리스도가 태어난 해를 기점으로 하는

이 숫자가 무슨 의미가 있을까. 우주 나이 138억 년. 그럼 빅뱅 이전 상태는 몇 년? 한 해, 두 해, 이렇게 헤아리는 것이 수평선 바다 위 안개방울 숫자를 세는 것만도 못한데 왜 따질까. 빅뱅이 무에서 유의 창생이 아니라면 빅뱅 이전은 무엇일까. 빅뱅은 어떻게 생겨났을까. 그런 것들을 생각하는 나는 왜 태어나고 또 죽어 사라져야 할까.

2022년에 지구에 사는 인구는 79억 오천만 명 정도라는데, 내 어린 시절 학교에서 지구상의 인구가 모두 45억이라고 배웠는데 벌써 두 배 가까이라고? 기하급수적으로 증가하는 인간들은 이 땅 지구에서 살아가는 개미와 생존을 경쟁하려나 보다. 군집 생활하는 생명체들. 개체는 죽지만 군집 속에 그냥 사라지며 다른 생명체로 이어지는 것. 그 군집들이 자꾸 커지고 숫자가 늘어날 때, 마지막으로 설 땅이 부족한 지구. 아마도 인간들은 이 땅에서 사라질지도 몰라. 지구를 위해서. 아니 지구는 아랑곳없이 언제나 살아서 숨을 쉴 거야. 언제까지? 태양이 늙고 늙어 부풀어 오르며 지구를 흡수하고 초신성이 되어 폭발해서 시커먼 블랙홀이 될 때까지.

후훗. 나는 지금 끼적거리고 있어. 숨을 쉬고 있어. 바다와 하늘을 쳐다보며 이런저런 생각을 하고 있어. 손가락을 움직이고 눈동자는 글자들을 뚫어지게 바라보고 있지. 이 순간들의 집합이 나라는 미미한 존재에게는 전부야. 사실이야. 삶이지. 그 삶 속에 무한의 우주를 몽땅 집어넣고, 또 삼키며 숨을 쉬고 있지. 고맙지. 누구에게, 무엇에게? 모두에게, 특히 나 자신에게.

초록의 외계인

봄이 게걸스럽게 꽃을 먹어 치우더니 배가 부풀어 올랐다. 따사로운 빛에 바다는 넓어지고 산은 높아졌다. 팽팽하던 봄 배가 터졌다. 갈라져 비릿한 몸뚱이에서 초록의 피가 흐른다. 초록의 외계인들이 나타나서 당신의 망막을 찢으며 눈길을 앗는다. 부풀어 올라 죽은 봄에 아랑곳하지 않고 초록의 빛들이 소리를 지르며 태양의 얼굴을 뜨겁게 뜯어먹는다.

먹혀 삼켜진 과거는 언제나 봄이었다. 겨울을 꼬리에 매달아 길 잃은 한파에 온몸이 얼어붙기도 했지만 봄은 울긋불긋 꽃이었다. 붉고 뜨거운 피였다. 욕심이 지나쳐 스스로를 파열시킨 봄. 시간 속 언어였던 그림자 봄은 회색의 과거로 사라졌다. 꿈속에서 봄을 되살리지만 회색 얼굴은 초록에 파묻혀 보이지 않았다.

우주를 뒤덮은 초록의 무한 분열. 당신 몸뚱이 세포들도 초록이 되어 갈 때, 살랑이며 흐르는 시간의 초록 이파리들이 손길을 내밀며 웃는다. 초록 웃음. 초록 울음. 초록소리. 봄을 몽땅 삼킨 그대는 이 땅에서 외계인이었다. 초록 피가 흐르고 초록의 숨을 쉬며 초록의 노래를 부른다.

그들의 언어는 초록이었다.

죽을 때까지 나도 초록이었으면 좋겠다. 한세상 삶의 프리즘을 지나도 천연색으로 흩어지지 않고 그냥 초록 하나였으면. 붉은 피 흐름이 멈춰서도 그냥 초록이었으면. 죽어 저승길을 걷더라도 초록이었으면. 다가오는 미래도 언제나 초록이었으면. 우주에서 초록 별로 빛날 수 있다면.

한세상

한세상 이야기를 하고, 노래를 부르고, 입안에 맛있는 음식을 씹으며, 백화가 만발하는 것을 지켜본다. 새들의 지저귐을 들으면서, 공기의 싱그러움을 움찔 느낀다, 늘 푸른 바다를 바라볼 때, 나는 살아 있다. 나라고 말할 수 있을 때, 진정으로 살아 있음이다.

한세상 나는 이렇게 살다 갈 것이다. 바다는 늘 푸르다. 기다란 제방이 포구를 가로지르고 등대가 하나 더 생겼다. 내가 떠나더라도 바다는 늘 푸르겠지. 슬픔에 바람이 불며 파도라도 하얗게 부서질까. 그건 살아 있는 내가 머릿속에 윙윙거리며 집어넣은 상상일 뿐이다.

한세상 아버지 어머니도 살다가 떠나셨다. 임종을 앞둔 고요한 얼굴의 아버지가 생각난다. 새벽녘에 일그러진 얼굴로 저 멀리 가신 어머니도 길고 긴 삶을 사셨다. 흐르는 세월의 강물에 그냥 나룻배 한 척 지나갔을 뿐. 그들은 모두 화장터에서 조그만 항아리를 채울 가루가 되었다. 가루는 땅에 묻혔지만 영혼이 있다면 두 분이 살아생전에 그렇게 기도를 드린 대로 하늘나라 천국에서 숨을 쉬고 계실 터.

한세상 정신을 지닌 몸뚱이를 굴렸던 내가 가루가 된다. 그냥 한 그루 나무 밑에 묻힌다. 흙으로 바뀌어 나무줄기를 타고 수십억 나뭇잎 한 잎으로 매달릴 수 있을까. 현재의 나는 완전히 소멸된다. 물이 수증기가 되고 구름이 되어 빗방울로 다시 떨어지듯 나는 없어지되 생명의 힘과 움직임은 그림자처럼 지속된다. 정말 그럴까.

한세상 끝나며 '내'가 사라질 때, 나는 그런 모습의 나를 바라볼 수 있을까. 아마도 잠이 드는 것처럼, 눈을 감고 어둠만을 느끼며 모든 것이 완벽하게 사라지는 것처럼 그렇게 떠나겠지. 잠이 들어 내가 나를 모르는 것처럼 그냥 잠이 들겠지. 그랬으면 좋겠다.

한세상 매일 밤만 되면 잠을 잔다. 그중의 어느 날 잠이 나를 데려가겠지. 그랬으면 좋겠다.